目次

第一章　川辺の町で

大きな川沿いにある小さな町、私たちの住む町だ。昔は木造の橋を渡り、川向こうの酪農家に自転車で牛乳を買いに行った。

子供の頃、辛い事や、逃げ場がなくなると土手から川べりに下りて、広い川面をじっと眺めていた。川下に流れていく水面は私のいる場所をどこまでも逆流して上っていく小舟に変えてくれた。どこまでも、どこまでも、流されていきたいと、そう思っていた。

その川には、今は立派な橋が架かり、昔の面影はない。この町の土地は、川の底より低い。そうした川は「天井川」と呼ばれている。

毎年、台風や長雨の季節には、床下、あるいは床上浸水となり、町中大騒ぎになる。その頃はどこの家も汲み取り式のポットン便所で溢れた汚水が流れだし、保健所が来て所構わず消毒薬をまき散らしていった。

その後、河川の堆積土砂を浚う事業が始まった。私の住む町内を通る道路を挟んで、土手側の田畑と家の裏側にあった蓮沼が、見る見るうちに砂で埋まっていき、それは子供たちの格好の遊び場になった。そこには巡業に来た芝居小屋やサーカス団がテントを張り、たくさんの人々が集まった。

今は橋のカタカタという音を聞くこともなくなり、堤防の土手はきれいに整備され、サイクリングロードが長く続いている。

子供の頃からあった花火大会も、今は、関東でも最大規模のものとなった。対岸に建つ城と山並みを望む景色や、夕日のシルエットに、朝夕はたくさんのアマチュアカメラマンが堤防に並ぶ。私の幼いころの悲しい情景はもう、心の中にしかない。それも消し去られていくのも良いのかもしれない。

今、年老いてこの川岸に立ち、風景を望みながら、この町で生きてきた自分、そして家族の人生を振り返っている。

私は後、どれほどの人生を送れるか。自分を見失わずに、記憶をなくさないうちに、年を取って、少しでも過去の人生を思い出せるうちに記しておかなければならないことがある。

今まで、母や弟たちには向かい合って話すことのできなかった心の中にある、長い間避け続けていた苦しい過去に、やっと向きあうことができるかもしれない。

ペンを執り始めてもその苦しさに、また手を止めてしまうかも知れないが……。

まずは自分の人生の終末に向けて、そして

今まさにその終末を迎えようとしている母の生き様を書き残すことが、子供としての使命だと思う。認知症と怪我で、車いすとベッドの生活を余儀なくされ、施設にいる母。子供たちの顔も忘れ、夢の世界の中で彷徨《さまよ》う母。

老いてゆくその心は今どこに飛んでいるのか、今はただ、悲しいことや辛いことすべて忘れて、穏やかに過ごしてほしいと、祈るだけである。目の前ですやすやと眠る九十五歳の母。この母が私の人生の原点であるならばここから始めるしかない。

昭和三十一年。

その日は夏の終わりの夕暮れ時、長い休みが終わる頃、私が八歳の時だった。廊下の上にかけてある柱時計がやけに煩くカチカチと音をたてていた。

その音が私の心臓の鼓動と重なり、広い玄関の土間に差し込む夕日が私の足元まで照らし、私の心から流れ出ていく血の色のように赤く長く伸びている。

長い廊下の入り口になる店先の柱に寄りかかり、眼前に起きている出来事をただ見ているだけの私。家の前の往来に止めた三輪トラックに、黙々と引っ越し荷物を積み出している父の背中。何か大声で罵声を浴びせている祖母の声。奥の勝手口にうずくまり、声も出さずに肩を震わせている母の背中。その光景は生涯忘れることができない私の心に潜む重石である。

ある日、私が学校から帰ると、いつもお帰りと声をかける母の姿が見えない。祖母に聞くと相変わらず不機嫌な顔で、奥で寝ていると言う。急に不安になり、そうっと奥に行くと布団の小山があった。そしてその布団の山は小刻みに震え、嗚咽する母の声がする。

「お母ちゃん？」

声をかけると、か細い声で、

「ごめん、少し熱があって……。大丈夫だからね」と言う。

でも次の日には起きて家事をしていて病院に行った様子もなかった。私は心配だったが、何でもなさそうな様子に、少し不安を忘れられたような日が過ぎた。

そんな日が続いたある日、トイレに行くと、まだ汲み取り式の便所のその中が真っ赤に血に染まっていた。幼い私にとって、その時の何とも言えない恐怖、何が起きたのかも分からず、ただ恐ろしくて震えていた。

その私に祖母が、

「恵子が喀血したんだ」と言う。

喀血という言葉の意味も分からないまま、私は、

「お母ちゃんが死んじゃう！」

と泣き叫び続けた。

それは急性の結核だった。医師によると、感染性は低いということだったが、その当時、まだ結核は治らない怖い病と思われていた為、まだ三歳になったばかりの下の弟は、すぐに母の実家に預けられた。

母の長い闘病生活が始まる。

絶望と深い悲しみに、母は生きる気力をなくしていった。処方された薬も飲まず

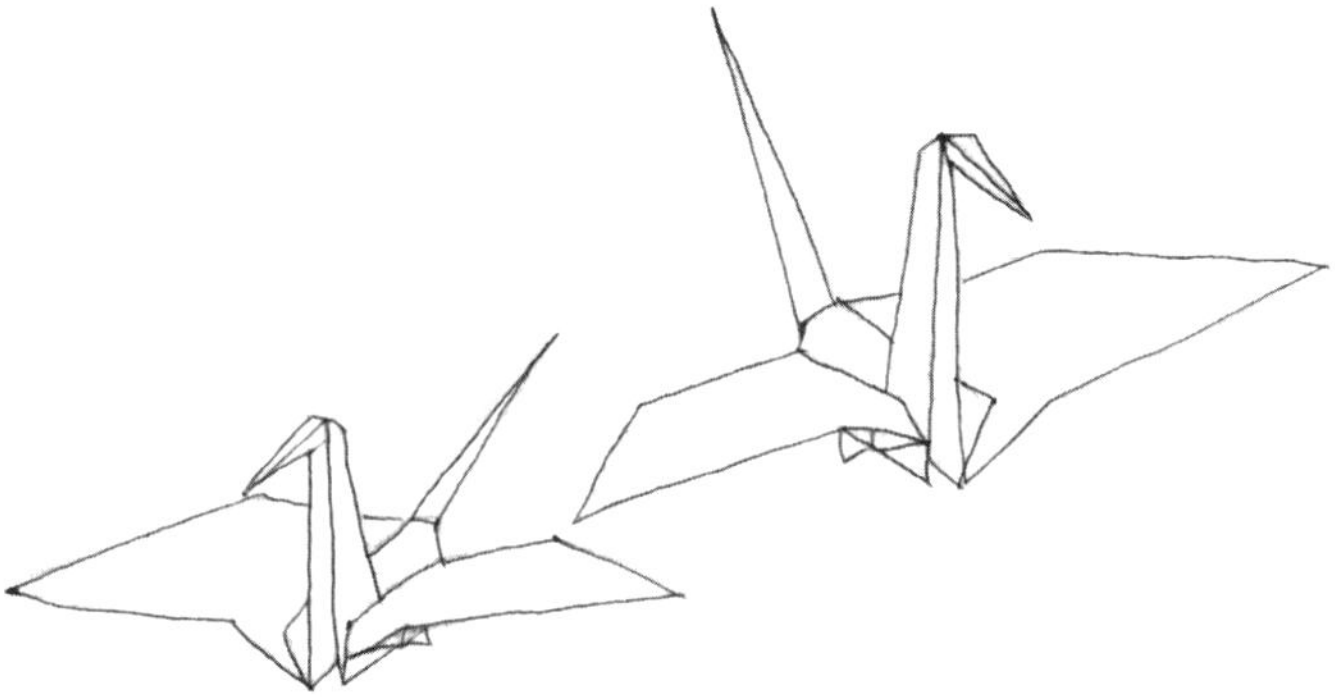

「死にたい」と泣いているばかり。

私は学校から帰ると真っ直ぐに母の枕元に座り込み、薬を飲んでもらうまで動けなかった。母までもいなくなったらと思うと不安でたまらなかった。

母に、

「薬の包み紙で千羽鶴を折るんだから飲んで」と言っても、

「遊びに行ってきなさい」

と、母は私を追い払おうとする。

それでも私はその場を動かなかった。

根負けして何日かに一回は飲んでくれたが、病のほうは一向に回復の兆しを見せず、私が折る赤い薬包の千羽鶴が増えることはなかった。

そして祖母も、毎日の家事や孫の世話に疲れ、我慢も限界にきていたらしい。

ある日母の顔に白い布がかかっていた。

いつものように学校から帰って真っ先に母の枕元に行く私は、その様子に呆然と立ちすくんだ。

その私に祖母は怒ったような顔で、

「掃除をするのに埃がかかるから布をかけたんだ」と言った。

私は悔しさに喉が詰まって言い返すことも出来ず、下を向いてポロポロと涙をこぼし、母も白布の下で泣いていた。


父が家を出て行ったのは「恵子に学がないから愛想をつかされたんだ」と、祖母は母を罵った。母は何を言われても決して言い返しはしない。

祖母は、自分のせいだとは思いもしなかったのか。大事な一人息子が自分を捨てていったなどとは思いたくも、認めたくもなかったのだろう。

母の闘病の日々は続き、なかなか回復の兆しを見せなかった。

あれは秋の終わりの頃だったろうか。家に母の実家の祖母はる、そして父方のおばたちが集まった。

父も来て、母の寝ている部屋で今後の事を話しあうことになったのだ。

これからの生活のことや、私たち子供のこと。母の病状が思わしくなくて入院させるか、等。祖母の愚痴が延々と続いた。

母は入院させることに決まり、話が子供たちのことにおよび、誰が引き取るかという話になった。三人の子供たちはそれぞれ親戚の家に引き取られることに話が進んでいった。もう母の病気が治らないかのような話の成り行き……。病の床に臥す母にとってそれは、追い打ちをかけるかのように非情な、酷な話だった。

母方の祖母はるは普段はおとなしく、優しい静かな人だったが、この娘の現状に悔し涙を流し、

「孫たちをバラバラにすることは可哀そうだ。娘が治るまで私が孫たちの面倒は見ま

す」

と絞り出すような声で言った。

この祖母自身、戦死した自分の息子の嫁が、実家に戻らずに、同居してもらっている身であった。孫たちと共に娘も引き取りたい気持ちは山々であっただろう。でもそういう事情の中で、そこまでは、とても口には出せなかったのだろう。

私はこの祖母はるの横で、私の手を震えながら固く握るこぶしと、落ちる涙をじっと見ていた。そして、いたたまれなくなり、黙って逃げるように、その場から離れていく父の姿と涙も……。


母は頑なに入院を拒んだ。何かを決心したかのように薬を飲み、食事も取るようになり、熱のない日には台所にも立ち、家事も少しずつではあるがこなしていくようになった。

病気は一進一退を繰り返しながらも、医師が驚くほどの回復力を見せた。この一件以降母は、（このまま死ぬわけにはいかない。子供たちがバラバラにされてたまるものか）との思いを強くしたのだろう。母の執念を見たような気がした。

其の頃の生活は、祖母ミネが和裁教室を開き、その生徒たちからの月謝と、父からのわずかな入金のみでとても苦しかったと思う。その当時、女性が収入を得ることは余程の学歴がなければ厳しく、身体を使う重労働しかなかった。

たまたま近所で燃料店を廃業したところがあり、その店の権利を譲ってもらえるよう頼み込み、母は重労働の燃料店を始めた。たぶんその資金は母の実家に出してもらったのだと思う。男でも大変なその仕事を、病身の母がどれほどの気力を持って続けていったのか。子供の私には知る由もなくただただ見ているしかなかった。

その当時は車などそれほど普及していない時代だった。

母はリヤカーを引き、自転車に乗り、練炭、マキを積む。炭俵から出した炭を切り、また俵に戻し配達する。毎日炭の粉を体中にかぶり、真っ黒になって母は働いた。

医師は母のその気力に驚きながらも「仕事の燃料店がかえって幸いしたのかも知れない」と言った。備長炭の粉が、肺の病を洗浄してくれたのかもと……。

心因性の急性結核だったこと、そして母の強い意志が病気を治した。

母がまだ病床に臥せっている頃から、当時流行っていた新興宗教の信者たちが、毎日のように来ては、母に入信を進め、枕元でお経を上げていった。

子供の私にとっては、母はまだ生きているのにと、悔しくて嫌で嫌でたまらなかった。

ご先祖の因縁がこの家に不幸をもたらしているから、毎日経を読み、香をたいて供養をするのだと言う。子供の心に響く、その経の声と香の匂いは、深い悲しみそのものだった。

中学生の頃、学校の近くのキリスト教の教会で何人かの友達で英語を教えてもらう機会があった。一か月くらい経った頃、神父様が洗礼を受けなさいと皆に言った。四人いたがキリストの教えを諭されて、私以外の人は皆洗礼を受けると言う。私はどうしても受け入れられなかった。神父様は私の頭に手をのせて、他の人に向かって「皆さん、この罪深い人を許していただくように神に祈りましょう」と言った。

この場面に私は非常にショックを受けた。なぜ自分が罪深いのか。それとも受け入れられない自分の心が素直じゃないのか。母の宗教とどこが違うのか。

神仏とはその人の心の中にあるのではないのか。自分に対しての疑心が心を深く傷つけた。


でも結局、母はそれにすがった。身体が元気になっていく程にのめり込んでいった。

私はその母に心の中で反発しながらも、回復していく姿を目のあたりにし、何かにすがらずには生きていけなかったであろう母を、諦めに似た思いを抱え、ただ見ているしかなかった。


父のいない生活は、幼い弟たちにとってても深い翳りを残すのではないかと心配する母にとって、とても助けになってくれた人たちがいた。父親や兄代わりのような存在になってくれたのが下宿人の人たちである。

その頃、少しでも生活の足しになればと、昔料亭だった広い家の奥の四部屋を下宿として貸し出したのだ。料亭を切り盛りしていた祖母は、粗末な材料からも味の良い料理を作り、弁当も作り、喜ばれていたらしい。だがその賄いの手伝いも母の仕事だった。

口うるさく、細かいことにも文句を言う祖母。一言でも口答えなどしたならばいつまでもぐちぐちと嫌味や怒りをぶちまけてくる。だからであろう、母はいつも黙ってコマネズミのように働いた。


下宿人の人たちは弟たちを肩車をしたり、キャッチボールなどをしてくれた。銭湯の男湯にも連れていってくれた。父のいないこの家で、母や祖母にはできないことをしてくれて本当に助けられたと思う。私たちの勉強を見てくれたり、いろいろな本を貸してくれ話し相手にもなってくれた。私にとってもこの存在は本当にありがたかった。当時、十代から二十代の若い男性ばかりだったが、皆本当にまじめで優しくて頼もしかった。母にとってもどんなに心強かったか。


その頃から私は本の世界に現実逃避していった。

私にとって学校の図書室は夢の世界だった。もちろん家で本を買ってもらう事などありえなく、唯一本に触れることができる場所であった。次から次へと片っ端から読み漁り、歴史書、哲学書まで意味も分からず読んでいった。童話も小説も伝記物もとにかく私には夢中になれる世界になっていった。友達とあまり遊ぶこともなく、放課後には図書室から本を借りていく。

そんな私にある日、校長先生が声をかけてきた。

「いつもたくさん本を読んで偉いね、読みたい本があったら入れてあげるよ」と言ってくれた。ドキドキして思わず、「もう読みたい本がないんです」と言ってしまった。本当は「何が読みたいのか分からないんです」と言おうとしたのに……。

次の月曜の朝例会の時、壇上から校長先生が、

「この学校の生徒で図書室の本をほとんど読んでしまった人がいます。読書家でとて

も素晴らしい。本をたくさん読むことは視野を広げ、心を豊かにします。皆さんも見習ってたくさん本を読みましょう」と言われた。

　私は恥ずかしくて下を向いたまま泣きそうだった。私にとって本を読むことは、ただ現実からの逃避にすぎなかったから……。


　小学六年の頃、相変わらず本ばかり読んでいた私は、運動も嫌いだったし、勉強にも身が入らずにいた。

　その日も私は重い足取りで学校に向かった。教室に入ると、またいつものように教室の隅に男子たちがたむろし、一人の男子を、こづいたり、蹴ったりしてからかっていた。

　毎朝のように飽きもせず繰り返されるこの光景に、また、私もいつものように目をそむける。私にはそれを止めたり咎めたりする勇気など毛頭なく、目をそむけて真っ直ぐ自分の席に着く。自己嫌悪に陥りながらも精いっぱいの憎しみの目を、たぶん男子たちを陰で操る黒幕であろう離れた席に座る別の男子を睨んでみる。

その男子は運動神経抜群で、頭も良く常にクラスのトップにいる。背が高く、格好の良い子で小学校の生徒会長もしている。本当なら、そうした行為を止める立場にいるのに、何が不満でそんなことをするのか、何が面白いのか、私には理解できなかった。そしてまた逆らうこともせず、卑屈に、にやにやしながらやられっぱなしでいる虐められっ子にもいらいらしてしまう。他のクラスメートの誰もが止めようともせず、何もしない自分にも情けなくて腹が立つ。


始業のベルが鳴り担任の先生が教室に入ってきた。

その日はいつもと違い、先生の後ろから一人の女の子がついてきた。

「今日から二週間、皆と一緒に勉強するお友達です。短い間だけど仲良くしてください」と先生が紹介した。

「私はこの町に来たサーカス団の子供で高橋風子といいます。いろんな町を旅してきたけど、この町もまた楽しんで好きになれるように、皆さんよろしくお願いします」

その子はとてもはきはきしていて、私と同じ小六とは思えなかった。皆、興味津々でたちまちクラスの人気者になりそうだった。

それから何日か経ったが、彼女は皆から話しかけられればニコニコと相手はするが、それ以上深く仲間に入っていく感じではなかった。そして私も、自分から話しかけることも、そばに寄ることもしなかった。

その日も私は図書室に行って本を読み、また一冊借りて生徒たちが帰った後に一人で帰った。本の世界は私を自由にしてくれる。特にフランスの作家フランシス・バーネットの小公女・小公子の世界は、貧しい辛い日々を一瞬にして明るい夢の世界に変えてくれる話で、私の現実を忘れさせてくれた。でもその日は他の事に気を取られていた。サーカスの子のことが何となく気になっていたのだ。サーカスの子という世界が私には想像できなかった。
二、三日経ったある日、いつものように一人で下校中、後ろから「ねえ！」と声をかけられた。
「あなた、時々私のこと、じーっとみてるよね？　私が見返すとすぐに目をそらす。何か聞きたいことがあるんでしょう?」と、ニコニコしながら話しかけてきた。

「別に……」と、どぎまぎしながら答えると、

「まあいいや、帰る方向同じみたいだから一緒に帰ろう」と並んで歩き始めた。

「私のこと凪ちゃんと呼んでね。あなたは洋ちゃんでいいかな？」私の名前を知っていたのでビックリした。それから毎日ではなかったけれど下校途中会うと一緒に帰った。

私が時々あいづちを打つだけなのに凪ちゃんはいろんな話をした。彼女の母親は幼い頃に事故で亡くなったらしい。らしいと言うのはお母さんが病院に運ばれてから帰ってこなかったし、誰も何も教えてくれなかったと言った。ずうっと待ってたのにと言った。

団員の人が皆で育ててくれたこと、そしていろんな場所に旅していろんな学校にも行ったけど、絶対に親しい友は作らなかったと言う。

「すぐ別れるのに仲良くなったら悲しいから……」

そして私に、

「あなたは寂しそうな人だから友達になろうかな」と言った。

ある日風ちゃんから「今日帰りにテントに遊びに来ない？　サーカス見たくない？」と誘われた。一瞬行きたいと思ったけれど、躊躇した。

「私お金ないし、家の人にも聞かないと……」

「何、言ってんの」と、風ちゃんは笑いながら私の手を強く握り、無理やり引っ張ってテントに連れていった。

私の家の前の大通りを突っ切って、土手の下にある広い砂場の中にそのテントは出来ていた。想像していたよりもずうっと大きく、一つの大きなテントの後ろにもまた、テントが三つか四つ……、いやもっとたくさんあったかもしれない。私の家からは本当に近くにあったにもかかわらず、私は見に来たこともなかった。

夜になると猛獣の遠吠えのような声が聞こえ、もしトラやライオンが逃げ出したらと、怖くて布団を頭から被って震えていた。

最初に行ったテントには、それは大きなゾウがいて、キエエエ~とテントが揺れたかのような声で哭いたので私は思わず後ずさりしながら見上げた。次々とテントの中を案内されたが、怖くて私はちょっとのぞくだけだ。

ライオン、クマ、ウマ、サル等……。

私が驚いて目を丸くしているのを、風ちゃんは嬉しそうに見ている。

きれいな衣装を着たお姉さんが「風子、お友達？　珍しいね」と声をかけていく。

少し離れた所にピエロがいた。

「あれ、私のお父さん！」

でもそのピエロは、ちらっとこっちを見たけれどそのままテントの中に入っていった。

「もうすぐバイクショーが始まるよ、これならテントの中がのぞけるから見れるよ」

そこには鉄の棒で出来た大きな網状の丸いドームがあった。男の人がオートバイに乗り中に入っていく。ブルンブルン、バリバリと耳をつんざくようなものすごい轟音が響きオートバイは鉄のドームの中を、逆さになったり横になったりどんどんスピードを上げてグルグルと回った。私はオートバイが一番天井まで行った時、一瞬止まったように見えて思わず目をつむってしまった。

その日家に帰っても興奮は冷めやらず、心臓のドキドキが止まらなかった。でも祖母に、帰りが遅かったので怒られ、サーカスの話ができなかった。友達の家で本を読んでいて遅くなったと嘘をついてしまった。

どうしてオートバイは落ちなかったのか、遠心力だとは知っていたけれど、でも確かに天井で止まったのに。風ちゃんのお父さんはどうして私のことを無視したのだろう。私を連れていって、風ちゃんは後で叱られなかっただろうか。その夜は、今まで経験をしたことのなかった外の世界に触れ、いろいろ考えて眠れなかった。

それからは毎日のように風ちゃんと一緒に下校した。

風ちゃんの両親は元は空中ブランコの乗り手だった。でもお母さんがブランコから落ちて、それからはお父さんもブランコには乗らなくなったそうだ。日本全国旅して歩くのは楽しいけれど、本当の自分の居場所はどこなんだろうって寂しそうだった。

私も少しずつ自分のことを話した。父親が出て行ったこと、母親が病弱なこと。

本当の友達になれていくような気がして嬉しかった。

二日続けて颪ちゃんが学校を休んだ。

午後の授業の前に先生が、「高橋颪子さんが、お父さんの仕事の都合でまた遠くの町に行きました。みんなにありがとうと伝えてほしいと言ってました」

颪ちゃんは突然いなくなった。私にも何も言わず行ってしまった。悲しくて寂しくてどうにかなりそうだった。友達は作らないと言っていたのはこういうことなんだと、こういう思いをしたくなかったんだと思った。


また一人になってしまった私は、前のように本の世界に逃げ込んでいった。

ある日、クラスの虐められっ子を見た瞬間、閉じ込めていた自分の感情が抑えきれなくなってその子に向かって、

「逆らいなさいよ！　怒りなさいよ！」と泣きながら怒鳴ってしまった。

その後彼はクラスからいなくなった。知的障害者が行く養護学校に転校していった。

小学校六年の三学期の頃、唯一得意な作文で、『死』について書いたことがある。川の流れに乗ってどこまでも流されたいと思っていた、幼い頃に夢見た先には、天国があると思っていたのかもしれない。

その天国に何が待っているかなんて、たぶん考えたことはなかった気がする。ただこの今生きている世界から消えたい。誰も知っている人のいない所に行きたい。そんな気持ちを作文に書いた。『死』という言葉を書いた記憶はない。

担任の、まだ若い新卒の先生は、私の家庭環境をすでに知っていたらしく、心配して家庭訪問をしてくれた。

母はただ「すみません」と涙ぐみ、謝るだけだったから、新米の先生も恐縮して、「こちらこそ余計な心配をおかけして申し訳ありません」と頭を下げていた。

私はその様子に、自分は何かとんでもないことをしたんだとショックを受けてしまった。

母を悲しませ、大好きな先生に心配をかけたことで、私の心の中で何かが変わっていった。このままでいてはいけない。自分はこれからも生きてゆかなければならないのなら、何かを変えなければいけない。十二歳の頭の中で誰にも言えない必死な戦いが始まった。

ある日突然思いもかけなかった手紙が届いた。風ちゃんからだった。

《私は今お母さんと暮らしています。お母さんは怪我をして車いすの生活をしています。私がもうすぐ中学生になるので本当の事を教えてくれました。このままサーカス団に残るか、お母さんの介護をしながら一緒に暮らすか、自分で決めていいと言われましたが、私は自分の居場所をみつけました。お母さんもリハビリを頑張って、ある程度はじぶんのことも出来るようになっているので、私も地に足を着けて二人で頑張ります。洋ちゃんに黙っていなくなってしまったことが気にかかっていました。今度は必ず友達を作ります。あなたも勇気を出して自分の殻から飛び出して、本当の友達を作ってね》

私は何を変えていけば良いのか、自分の何がいけなかったのか、どうしたらよいのか。自分を変えるということの難しさに、もだえ苦しんだ。

そして遂に中学生になるときに其のきっかけをみつけた。

私が一番苦手な事、それに挑戦すること。それが出来なければ自分は変わらない。

それは運動部に入る事だった。それまでの自分には絶対無理だと思っていたこと。何かに積極的に動くこと。心と体を動かし、外の世界に飛び出すこと。

いつも逃げていた他人との関わり。

「運動部に入部しよう！　どの部がいい？」

でもやはり大勢の部員がいる部に入るには勇気がいる。考えた挙句にやっと決めた。

その頃皇太子殿下（今の上皇陛下）と美智子妃殿下（上皇后殿下）がテニスが縁でご結婚なされたことがテレビで伝えられて以降、テニスが人気になっていた。

しかし、私が通う田舎の中学校にはまだテニス部はなかった。テニスコートなんてものも、もちろんなかった。どうしたら良い？

たまたまその時、私がたくさん本を読んで偉いと褒めてくれた、小学校の時の校長先生が私たちの卒業と同時に同じ中学に校長先生として転任してきていた。それは運命だと思い、本当に勇気を振り絞って校長室に相談に行った。それでもやはり一人では行けず、私と同じように部活に入るかどうしようと悩んでいた級友を巻き込み、一緒に行ってもらった。校長先生は優しく、静かに話を聞いてくれた。

そして、「条件があります」と言われた。

「中庭にあるテニスコート二面ほどの庭園の半分の植木や芝生を、二人で他所に移してコートを造ること」だった。

そして学生時代にテニスをやっていた美術の先生を顧問にしてくれた。

校長先生はそれ以上のことは何も言わず、私たちのことを、ただ見守ってくれていた。

私が小学校の頃、図書室に閉じこもって本の虫になっていたような子供だったことを承知の上で、それでも信頼してくださり、立派な大切な庭を提供してくれた。校長先生の期待に応えたい。

それから一年間、私たちは二人で、（もちろん先生の指導の下で）毎日、芝や植木

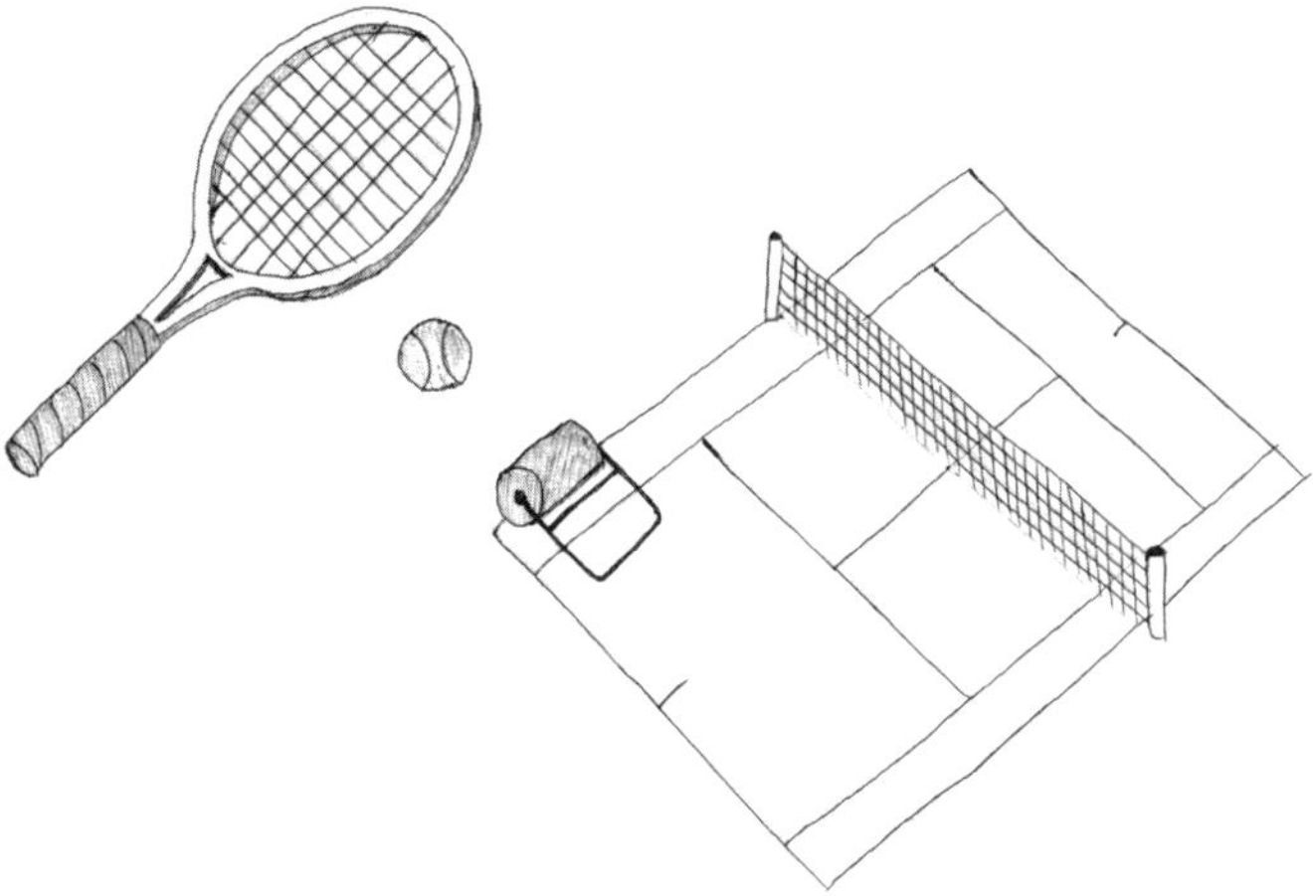

を切り出し野球部のグランドのネット裏に植え替え、埃だらけになりながら水をまき、ローラーを引きコートを作っていった。整地が終わると近くの専売公社にあるコートを借りて練習した。夏休みの猛暑の中でも毎日学校に通い、朝から汗だくになりながら作業をする。冬はローラーをかけてもすぐに霜柱が立つ、それらとの格闘だった。

でもわずかな時間の中で出来た専売公社の中でのテニスの練習は、本当に楽しかった。一緒にテニス部を作った、本当に信頼できる友も出来た。

小学六年の時、生徒会長で虐めっ子だった男子に突然廊下で呼び止められ、

「君って凄いな、新しい部活を立ち上げるなんて、頑張ってるな」と言われた。

私には中学に入ってからの彼も、ずいぶんと変わっていった気がしていた。同級生の中で、小学校の頃仲良し教室（軽い知的障害のある子が入っていたクラス）にいた子のことをよく面倒を見ていた。その子薫くんも愛嬌の良いかわいい子ではあったけれど。

薫くんは、勉強はやはりみんなについていくのは大変そうだったが、頑張り屋でマラソンのようなスポーツでは決して弱音は吐かなかった。

薫くんに、彼は、

「おまえ、マラソンでは誰にも負けないように頑張れ。おれもおまえに負けないように頑張るから」と言っていた。

それから薫くんは三年になる頃にはダントツの走りをみせ、マラソンの名門高校に推薦で進学し、活躍した彼はそのまま、その附属高校の大学にまで行った。

生徒会長の彼は私に、

「君も俺も、何もかも親のせいにして自分の人生を無駄にしたら馬鹿だよな」って

郵 便 は が き

料金受取人払郵便

新宿局承認

7553

差出有効期間
2024年1月
31日まで
(切手不要)

1 6 0-8 7 9 1

141

東京都新宿区新宿1－10－1

(株)文芸社

愛読者カード係 行

ふりがな お名前				明治 大正 昭和 平成 年生 歳	
ふりがな ご住所	□□□-□□□□				性別 男・女
お電話 番 号	(書籍ご注文の際に必要です)	ご職業			
E-mail					
ご購読雑誌(複数可)			ご購読新聞 新聞		

最近読んでおもしろかった本や今後、とりあげてほしいテーマをお教えください。

ご自分の研究成果や経験、お考え等を出版してみたいというお気持ちはありますか。

ある ない 内容・テーマ( )

現在完成した作品をお持ちですか。

ある ない ジャンル・原稿量( )

書　名				
お買上 書　店	都道 府県	市区 郡	書店名	書店
			ご購入日	年　　月　　日

本書をどこでお知りになりましたか?

1.書店店頭　2.知人にすすめられて　3.インターネット(サイト名　　　)

4.DMハガキ　5.広告、記事を見て(新聞、雑誌名　　　)

上の質問に関連して、ご購入の決め手となったのは?

1.タイトル　2.著者　3.内容　4.カバーデザイン　5.帯

その他ご自由にお書きください。

(　　　)

本書についてのご意見、ご感想をお聞かせください。

①内容について

②カバー、タイトル、帯について

弊社Webサイトからもご意見、ご感想をお寄せいただけます。

ご協力ありがとうございました。

※お寄せいただいたご意見、ご感想は新聞広告等で匿名にて使わせていただくことがあります。

※お客様の個人情報は、小社からの連絡のみに使用します。社外に提供することは一切ありません。

■書籍のご注文は、お近くの書店または、ブックサービス(0120-29-9625)、セブンネットショッピング(http://7net.omni7.jp/)にお申し込み下さい。

笑った。

私も「ありがとう、お互いに頑張ろう」と。

彼も両親が離婚し、すぐに新しい継母が来てずっと苦しんでいたらしい。それが人を虐めていい事にはならないとは思うけれど、皆それぞれ苦しい思いをしてそこから立ち上がっていくんだなと思う。

新しいテニス部を立ち上げられたことで《私は変われた》と思った一年間だった。

二年になって初めて後輩がたくさん入部して、少しずつテニス部らしくなっていった。

土方部などと笑われたこともあったが、周りの友達や先生たちも、そんな私達を応援してくれて、自分にも自信が持てるようになった。

先日、孫の通うその母校を訪ねたら、そのコートは場所を変え、今は六面の広い立派なテニスコートになっていた。

思わず、

「このテニス部は私が作ったのよ！」

と叫びたくなった。

そして私の作文を指導してくれていた小学校の先生はまた、私たち姉弟にとっても恩人であった。あまり口を利かなかった弟にラジオ体操を教えて、他の生徒の前で、朝礼の時の壇上で見本演技をさせてくれた。それによって徐々に自信を持つことができ、弟も変わっていった。

ある日偶然、中学校に用事があって来ていたその先生に会えたことがあった。

先生の顔を見た瞬間、私の心はタガが外れて、小学校の頃の自分に戻ってしまったようで、何も言えずに、ただ涙が溢れてきて泣いてしまった。

先生は、

「会えてよかった。いろいろ校長先生から話は聞いているよ。本当に頑張ったね。生き生きとした君の顔を見れて、僕は君の担任だったことを本当に誇らしく思うよ」と言ってくれた。

「私も本当に……、ありがとうございました」

父がいなくても私たち母子は周りの人たちにとても恵まれていたのかもしれない。

ある日、母の鏡台の中から一枚のメモを見つけた。

すやすやと眠る吾子達よ　愚かな母を許してと　ただ涙する

私が死を意識した小六の頃、ただひたすら我慢して黙々と働く母に対して、心の底のほうで悶々と反発をしていた。どうしてここまで我慢するのか、どうしてあの時父と共にこの家を出ていかなかったのか、子供たちの父が、自身の親を捨てていこうとしているのに、なぜついて行かなかったのか。父が自殺を図るほど絶望していたのに、なぜ？　と母を心の中で責めていた。

しかしこの鏡台の中にあったメモを見つけ、私は誰もいない部屋で号泣した。それからは私なりに、母の優しさ、強さ、両親の悲しさ、苦しみを理解しようとした。優しい母には、どんなに気性の激しい気の強い姑であっても、夫と一緒に捨てて家を出ていくことなど出来なかったのであろう。

そして、若くして戦死した夫（母の兄）の親と共に子育てしていた実家の兄嫁の存在もあったのだろう。その兄嫁自身もまた、夫を亡くしても実家には戻ることも出来ない立場だった。母は、その兄嫁に自身の親と暮らして貰っている。その上、自分たち親子まで出戻って世話になることは出来ない。だから自分も夫の親を捨てていくことなど出来なかったのだろう。その当時の嫁とはそういうものだった。

母は歯を食いしばり一人で働き、子育てをしていく。

今はどんなに憎く嫌いな母親でも、夫にとっては実の母親なんだから捨てられない筈だと思い、半分は諦めつつ、夫を待つ苦しみを宗教の中にすがっていった。

しかし、その頃には、父は他の女性と暮らし始めていた。家を出てから数年での裏切りだった。

戦争を経験し、そして社会主義運動家として新しい時代を築こうと労働運動にのめり込み生きていった父と、宗教の中に救いを求めていった母とは、生き方、考え方そのものが違っていった。

今、少しずつここまで書き続けていた時、母が亡くなった。コロナ禍の最中、二か月以上も逢えないまま、病院から連絡があった。

駆けつけた時にはもう意識もなく、微かな息をし、小さくうずくまるように横たわっている。

私は臨終の母にただ、

「お疲れ様、今まで本当に良く頑張ったね」、九十年以上もの長い苦しみの人生を、やっと終えていく母に、

「もう楽になって休んでね」

と、声をかけ続けた。そして心から、「ありがとう、愚かな娘でごめんなさい」と

も。

母の人生って何だったんだろう。年を取ってからも、いつもいつも人に気を遣い、顔色を見て、おどおどと臆病な人だった。争うことをとても嫌がり、そして我慢をした。若い頃は、好きなものさえ自由に食べれなかったけれど、老後は大好きなフルーツや甘いものをたくさん食べて、若いころにはどこへも行けなかった旅行にもたくさん行けて、生活の心配もせずに生きてこれたと思う。私は決して優しい娘ではなかったが、弟夫婦や穏やかな私の夫のおかげで、一緒に親孝行のまねごとはできたかなと思う。

それでも足りないくらいの苦労した母に、残された私たちはどうすべきか。今はただ、姉弟仲良く、母のように逞しく優しく生きていくことだろう。

第二章　祖母と父

父のことを書くにはその生家のことから書かないと理解するのは難しいと思う。ただこれは私にとって全くおぼろげな子供のころの記憶と、戸籍の中から推察するしかないから、どこまで真実に近づけるのか心もとない事なのだが……。

そしてまたそれは、私の祖母ミネの壮絶な人生そのものを知ることなのだ。

私の祖父公造は明治時代の半ば、N県にある大きな商家に生まれた。同じ商家でも兄弟でのれん分けをしていたから本家、分家どちらの筋かは分からないが、江戸時代からの太物卸小売商として蔵造りの店は、その町並みをかなりの敷地で占めていたらしい。

本家筋から、十六代以上続いたとその土地の郷土史資料館にも記されている。

祖父公造は二十三歳になる年、嶋フクと結婚した。戸籍には三人の男児が載っている。その妻フクにとって、商家の嫁と子育ての両立は大変なことだったのだろう。その後フクの姪であるミネを家事手伝いに呼び寄せた。

まだ二十歳前後のミネは元気で働き者だったし、目のくりっとした、小柄で可愛い娘だった。叔母のフクはその姪を可愛がっていたし、てきぱきと言われたことは何でもこなし、随分と叔母の力になっていった。そしてその姿は男盛りの公造にとってはまた、魅力的な女と見えていたのだろう。その当時、商家の旦那は平気で妾を囲う等していた人も多かったらしい。

例に漏れず公造はミネに手をつけた。

そんな気はなかったミネは相当悔しかったらしい。フクにしたらどんなに衝撃的なことであったか。預かった姪に対する責任と、夫の裏切りにどれほどの悲痛な思いをしたか。

その後一旦生家に戻されたミネであったが、妊娠していたことで、また、公造とフクの元に戻された。

しかし、勝ち気なミネは開き直った。

叔母の亭主を横取りしたと烙印を押されたまま妾のままではいられなかった。その後次々と子供を産み、そのまま叔母の家に居座り続けた。

叔母のフクにしても自分が呼び寄せた姪とこんな関係になるなどとは想像もしていなかっただろう。結局は離婚に至る。しかし離婚しても、公造はミネを六年も籍に入れなかった。ミネは祖父の一族からは認められなかったようだ。

公造とミネの長男として私の父、幸雄が生まれて三年後、N県の店を畳み、私たちが住んだ宿場町に越してきたのは、昭和に入ってしばらくしてからのことだった。どうやらこの時期に、ミネのことを認めなかった公造の父が亡くなったらしい。

ミネをやっと籍に入れ、料亭を始める。ミネ三十五歳の時だった。

ミネは持ち前の気性と案外商才があったらしく女将として料亭は繁盛した。

公造は、元妻のフクも一緒に連れてきて、この地に別宅を建てて住まわせた。料亭を建て別宅も建て相当な資産があったと思われる。

お盆になると私はよく祖母ミネに連れられて土手に行き、祖父の実家があるほうに手を合わせ、「ご先祖様に」と線香を上げさせられた。
「お前の爺ちゃんは大きな商家の倅だったのに放蕩を繰り返して生まれた土地から追い出されたんだよ」と聞かされた。

越してきた当時のこの町は、船宿や料亭が結構あり、栄えていた。旅芸人や相撲の巡業などの客もたくさんいたらしく芸者をあげて遊んだという。

太平洋戦争に入る直前、祖父公造が亡くなる。それまで、家には先妻、後妻の子供たちが同居し、幼かった父幸雄にとっては、口にも出せない程の辛い時期だったらしい。

先妻の子供たちは男子ばかりで、その頃はもう十代から二十代半ばになっていた。一方、私の父には女ばかりの姉妹しかおらず、先妻の長男がいるにもかかわらず、ミネにとっては父が長男であり大事な跡取りであった。

しかし先妻の子供たちにしてみれば、ミネは実母から父を奪った憎い女である。本来なら血のつながった従姉弟同士だったのだが……。

その憎しみの矛先は父に向かい、相当に虐められたらしい。ミネが庇えば庇うほど陰でやられたと、年を取ってからも、私はその辛かった時期をよく父（幸雄）から聞かされた。

それでも父は大人になるにつれ、兄たちの悔しさ、悲しみも、胸に突き刺さるように押しよせて苦しんだらしい。それはまた、母ミネへの怒りに変わっていった。籍にも入って正妻になってはいたが、父にとって、自分は妾の子という烙印を押されたままであり、中傷とその事実は耐え難いことだったらしい。
父の姉たちは母親（ミネ）似で負けん気が強く、馬鹿にされてはいられないと高等女学校も出て、プライドだけは高くなっていった。

祖父公造が亡くなってから、それは大変な修羅場になったらしい。財産がどれほどあったのかは分からないが、父の兄たちは長兄の権利を主張し、ほとんどのものを奪っていったそうだ。ミネは半狂乱になった。料亭の店は残されたから、また働けば何とかなったようなものだが、不幸なことに太平洋戦争が勃発した。

子供の頃から成績の良かった父は、旧制中学でも優秀だったらしく医学部にいくつもりだった。同級生と三人で受験したが、学科試験では合格したのに納付金、寄付金を納められず落ちてしまったという。その頃のミネは金の亡者になったかのようになり、息子の為にもかかわらず、お金の工面等をしてくれなかったらしい。

戦争が起きると次第に料亭を続けていくこともできなくなり、父も旧制中学を出て出征した。どれほどの期間召集されたのか、戦地にも行ったのか、よくは分からないが、戦争の悲惨さと理不尽さに、父は身も心も疲れ果てて帰ってきた。終戦の間際だったことで何とか生き延びて帰れたと言う。

その父に母ミネは、無事を喜ぶ前に、「御給金はいくら貰ってきた？」と聞いた。父の実母を嫌悪する気持ちはその言葉でますます強く固まっていった。

戦後、父は公務員として働いた。その頃から労働運動にはまっていったらしい。仕事柄、農村地域に出かけることが多く、その頃青年学校に行っていた母（恵子）と知り合った。二歳年上ではあったが色白で清楚、そして穏やかな優しい母に、父は一目ぼれしたと言っていた。

しかし、学歴もなく田舎者の母を、プライドばかり高い父の家族は認めなかった。父が押し切る形で嫁にしたが、その嫁を、長女の私が産まれてからやっと籍に入れたほどだ。

父は魚釣りや狩猟を好み、よく出かけていった。帰りにはいつも友人たちと酒を飲み、家にもよく仲間を連れてきては飲んだ。釣ってきた魚や狩ってきた獲物を焼いたり煮たりして酒のつまみにしていた。子供たちもウサギやキツネ等の襟巻を作ってもらい、とても喜んでいた。

しかし祖母（ミネ）はそれを贅沢だ、無駄使いだと父に文句を言い、喧嘩が絶えなくなっていった。

その二人の間に挟まれ、母はいつもおろおろとしていた。姑に気を遣い、夫には遊びを控えてと頼む母に、父もいらいらしていく。それでも弟たちが生まれて数年が過ぎた。

少し時はさかのぼるが、私が産まれる直前のことか、なぜか父は親戚の家の、名前だけの養子になっていた。その親戚の家の義母は夫と子供を亡くし、一人暮らしだったそうで、かなりの資産家だった。跡取りがなくて父を名前だけの養子にしたらしい。

だから私はその苗字を命名された。

だが私が小学二年、父が家を出る直前の頃だと思うが、突然元の苗字に改名された。そのことと父の家出との関係性があるのかどうかは分からないが、ミネの思惑にまた反抗したに違いないとは思っている。

でもその後二、三年、父が家をでた後、その義祖母は私たちの町のこの家に住んだ。その義祖母は、私にお琴を教えてくれた。私はあまりそのお稽古は好きではなかったが、終わると必ずお菓子をくれた。口の端に大きなイボのある人で背筋を伸ばすとそのイボをすっと口の中に吸い込んだ。それは今思うと微笑ましくて懐かしい思い出だ。

だが最後は、ミネと大喧嘩をして、もともと住んでいた家に帰ってしまい、完全にミネの住む私たち家族とは決別した。


家を出る直前の頃の父は、だんだん酒量が増えていき、酔って帰ってきては、また祖母と口論になる。

末弟のお七夜は、母の実家で行われた。その時も父は酔って、母の実母（はる）に

取りすがって、

「俺が意気地がないから恵子に苦労をかける。お義母さん許してくれ」と泣いていた。

父は、この母の実母をとても大事にしていた。

「母ちゃん、母ちゃん」と呼び、慕っていた。

家を出る少し前に、この祖母はると父が、二人だけで旅行に行ったことがある。

なぜ母は一緒に行かなかったのだろうか。

たぶんこの時、父は家を出る決心をしていて、祖母はるから私の母に、一緒に行くよう説得してもらいたかったのかもしれなかった。

自分の我がままを許してほしかったのだろうか。この義母に父は、実母には求められない『母』を感じていたのだろう。

でも、祖母はるは、娘の為に父の固い決意を止めることはできなかった。そしてまた、娘（恵子）に姑を捨てて、幸雄と共に家を出ていくようにとは、同じ親の立場としてはとても言えなかったのだと思う。

いつも父は酔ってきては酒臭い息をして子供たちの寝どこに潜り、布団の中で泣いていた。

ある晩私が寝ていると、父と母の話し声がする。

「恵子は俺と結婚したのか、この家と結婚したのか、どっちなんだ。俺がこの家を出ると言ったらついてきてくれるのか」と……。私は母が何と言ったのか、よく覚えていない。


そして父は出ていった。


父は隣町に小さな家を借りた。

私は祖母に、その家によく行かされた。日曜日にバスに乗り父に会いに行く。その時のその気持ちは、今でも思い出すと悲しくてみじめで辛い。父の顔を見たとたんに涙が溢れ、いつも「泣き虫だな」と父に言われた。

祖母は私に、父からのお金を貰いに行かせたのだ。

母の助けになるならと我慢して行っていたのだが、結局そのお金は祖母が管理して母の自由にはならなかった。

私が行くと父は、私が子供だと分かっていながら、大人に聞かせるようにいろいろなことを話した。

「俺は恵子とは一度も喧嘩したことはない。別れたくはなかったんだ。恵子が付いてきてくれなかった。俺はずっと来てくれるのを待っていたんだ。絶望して死にたかった」と。

父は、酒を飲んでは睡眠薬を飲んで、死んだように眠りこけた。そんなことを何度も繰り返し、病院に運び込まれたことがあったらしい。

そのうちに、だんだん「社会が悪い、世の中が間違っているんだ。そして政治が悪い」と、労働運動のことに話が飛躍していった。子供の教育は国の仕事だ。貧乏人の子供にも望む教育を受ける権利があると。望む仕事に就く権利があると。

間違ってはいないと思ったが、でも今現実に生きている私たちを、今のこの国の政治が助けてくれるのかと、守ってくれるのかと、子供心にその矛盾に反発したかった。でも小学生の私にはどう言ったら良いのか、言葉すら浮かばなかった。

弟たちと三人で父の家に行ったことがあった。行くといつも出前のラーメンを取ってくれる。下の幼い弟は食べても食べても麺が伸びてしまって一向に減らない。その姿に父は大笑いしながら「いっぱい食べろ、食べろ」と言った。

それは小さな幸せのひと時だったが、私はいつも喉の奥が詰まって涙がこぼれた。

いつの頃からか、私が行くと何となく父の様子がいつもと違うと感じることがあった。迷惑がられているという程でもなかったが、早く帰ってほしいのかなと思えるようになった。

そのうち、行くと女の人がいるようになった。子供でもそれがどういうことか分からない筈もない。

裏切られたと思う私に、父は、

「俺が絶望して自殺を図った時に何度も助けてくれた人なんだ、職場の同僚だ」
と言った。
母は離婚には応じなかった。その頃は片親だと就職や縁談にもさしつかえるという時代だった。子供たちが成人するまではと言う母に、父は無理強いはしなかった。でもその後、結局、私たちには良い結果にはならなかった。

父はその後も労働組合の幹部となり、県連のある党の上位職にまで成っていった。その頃、組合運動はどんどん激化し、どの企業や職場でも労使間の対立は激しくなっていく。

その中で父の名は労働者の代表として、世間に知られてゆく。これが子供たちの就職に影響がないわけがない。

私は大学に行きたかったが、母の苦労や弟たちのことを考えると、とても望めることではなかった。自分よりも男の弟たちを大学に行かせるべきだ。その為には早く働いて母を助けなくてはと思った。

父の言う国の政治が、貧乏人の教育を助けてくれるまでには、いくら父が頑張っても絵に描いた餅にすぎなかった。私は母を少しでも早く助けねばと、地方公務員の就職活動をしたが、ことごとく落ちた。一次の学科試験には合格するも書類審査で落ちる。

高校の担任に呼ばれた。

「お前の親父は何者だ？　親の七光りは聞いたことがあるが、偉い有名な親が子供の足を引っ張るとは……」

そろばんの得意だった私は、公務員を諦めて銀行でも受けようとしていた。その私に先生は、

「もう止めたほうがいい、お前がみじめになるだけだよ」と言った。

銀行は民間でも、特に労働組合には煩いところだからという。そして県外の民間の商事会社を推薦してくれた。

高校時代は、私にとって楽しかった面もあったが、精神的にはかなり辛い、苦しい時代でもあった。

毎日テニスとアルバイト、家の手伝いと忙しかった。でも、それは当然のこと。大好きなテニスをさせてもらい、高校にも行かせてもらっている。でも子供の頃の内気な自分が、社交的になり積極的な人間に変わっていく。そういう自分自身に心がついていけなかった。先輩や後輩にも思ったことをはっきり言ってしまう。意見も臆せずずばっと言う。中学の頃は、そんなふうに変わっていく自分が嬉しくて楽しかった。今思うと、愚かな自分自身に気がつかず、ただいい気になっていたのだ。だが高校生になってからは、外の世界を知った喜びと自信が逆に、間違った価値観と傲慢さを引き出し、人との関わり方の難しさや友人との気持ちの擦れ違い。それらを自覚しながらどうしようもない自分の心をもてあまし、葛藤していた。

高校二年になる前に進路を選択してクラスを決めなければならない。一緒にテニス部を作ってきた友人が、予期はしていたものの大学受験の為に部活を辞めると言ってきた。引き留めることはできない。その喪失感と、わかっていたはずなのに自分は進学はできないという挫折感に打ちのめされ、気力を失っていった。周りの友人たちへ八つ当たりし、優しい先輩に対しても我がまま言い放題、後輩にたしなめられるようなことも言った。そしてそんな自分にも嫌気がさして苦しかった。

進路を決めかねていると、担任の先生が、進路の基準となるテストの結果で進学コースの理系クラスに入るようにと言ってくれた。

「大学進学のことよりも、今はまず勉強することが、おまえの将来にとっても大事なことだ」と言ってくれた。

そして私は勉強することが、社会に出てからも良い仕事に就くことにつながり、母を助け、弟達に大学に行ってもらえることだと考えた。

だが弟達も結局は、いくら言っても私と同じく、早く母を助けると言って進学はしなかった。行きたくなったら働きながら自分で行くと言った。

弟たちは二人とも中学校に入った時から、毎日牛乳配達をして家計を助けていた。

いつまでもこんな関係はいけないと、末の弟が高校を卒業した頃、子供たち三人と母と相談し、父との離婚を決めた。父はもちろんすぐに承諾した。私たち家族は、それまで住んでいた家を処分して、県外に引っ越した。

両親が離婚した以上、母とは一緒にいることはできない祖母ミネは、娘たちに引き取られた。


それからの祖母ミネは、悲しい老後を送ることになる。子供たちの家を渡り歩いては娘や孫たちと喧嘩になり、最後には結局、あれほど自分を嫌って捨てていった父に引き取られていった。

母でなければあの姑と共に生きていくことなどできなかったのだと思う。

皆、祖母ミネの自業自得だと言うが……。確かに激しくて気性の荒い人だったとは思う。母にとったあの仕打ちはとうてい許せないことだったとも思う。でも自分が齢を取り、祖母がどうしてそんな生き方をしなければならなかったのか、祖母の人生を考えたとき、人間の持つ弱さ、脆さが見えてきて、人がこの長い人生を、苦しみながら生きる意味は何なのだろうと思う。

この家に産まれ生きてきた私たちには、本当に肉親であるからこそ、その愛憎の激しさと欲望に翻弄された両親のこと、またこうして意地を通して生きてこなければならなかった祖母の生き様に、言いようのない悲しみを感じる。だが、その事実を、私たちはその家に生きてきたものとして、知っておかねばいけない気がする。

人間誰しも生まれてきたからには、その人なりの人生を一生懸命生きていくしかない。その中で傷つけあったり愛しあったり、親子でも兄弟でもどうしようもない結果にもなる。

両親の離婚後、私の母と暮らせなかった祖母ミネは、結局父の家で自死してしまう。実の子供たちの家をたらい回しにされた挙句、最後は一番自分を嫌っていた父のもとで、絶望と憤怒にまかせて逝ってしまった。八十歳だった。

あんなに辛い思いをさせられたのにその姑の死を一番悲しみ、後悔し、涙したのは私の母だったのかも知れない。そして訃報を知らせた私に、母は驚かなかった。

「昨夜おばあちゃんは、私に会いに来たよ」と言う。裸足でこの県境の橋を渡り、「恵子がいつまでも迎えに来ないから私が会いに来た」と言ったという。

母は、おばあちゃんが夢枕に立ったからもう逝ってしまったと思っていたと……。

母と祖母には傷つけあいながらも、捨てられた者同士、一緒に苦労してきたその中で、周りにはわからない情があったのか。迎えに行ってやれば良かったと涙する、その母の優しさが祖母には最後になって通じていたのか。

今、私自身が年を取り母や祖母の年に近くなるにつれ、その生き様にどうしようもない悲しさ、哀れをひしひしと感じている。母も祖母も可哀そうでならない。

そして最後まで私たちに理解も許しもされなかった父もまた、人生の悲しい狭間で苦しんだのだろう。

父は最後は認知症になり、自分の罪だと思っていたであろうすべてのことを忘れた。でも、なぜか私と母のことは決して忘れなかった。私に電話をかけてきては迎えに来いと言う。

現在の妻のことは、しばらくお世話になっている他所の人だと言い、私に迎えに来て家に連れていってくれと頼む。恵子が待っているんだと……。

「もう父さんは離婚してこの人が今の奥さんだよ」と言っても、

「何を馬鹿なことを言うんだ、俺は恵子と喧嘩したことなど一度もない。昨日も家で、恵子と男の子たちと美味しい夕飯を食べたんだ」と言う。

タクシーに乗って徘徊し、もうなくなっている昔の家を捜し歩いた。

父は認知症になったことで、決して自分からは弱音を吐けなかった、苦しかった現実から逃避できたのかと思う。
それはそれで父にとっては良かったのかなと思える。
父もまた後悔の夢の中で人生を終えた。

まだ忘れていること書ききれなかったことがあったかもしれない。幼かった弟たちに、たぶん知らなかっただろうと思う両親のこと、祖母の事、そして家のことを伝えるのが、長女としての最後の役目だと思った。もっと早く伝えるべきだったのに、言葉にして話すことが辛かった。

特に父のことを、男同士だからこそ許せなかったであろう父の事を、少しでも分かってあげて欲しかった。許せなかったであろう父のことを、憎んだまま生きていってはいけないと思った。

父が自殺を図るほど苦しんだこと、弟たちが知っていたかどうか、よくは分からない。かなり自分たちが年を取ってから私から話したかと思うが……。父を憎んでいた母や弟たちにとっては、父の言い訳にしか思えなかったのかもしれない。どんな理由があったにしても親として男として余りにも無責任だったと……。

でもこの両親の人生が、生き方が、決して愚かだったとは思わない。この両親の人生が無駄にならないように、私は心に刻んで生きていきたい。

エピローグ

今、自分自身の人生を振り返ってみても、全てが後悔の連続、恥ずかしい事ばかりのような気がする。この年になって気がつくなんて自分という人間は本当に愚かだ。親になり、子育てが終わり、果たしてこの子らにとって、自分がどのように見えているのか、価値ある人間となり得ているのか。

母としての欲と愚かさが与えてきた子たちへの影響と、他への思いやりの足りなさ、傲慢な私に引きずられてきたかも知れない夫や子らへの懺悔等。

ここまで書いてきて、結局、自分は何を伝えたかったのか。

弟たちではなく、自分自身が、両親の生き方を認め、感謝したかったのではないだろうか。

そして、曖昧だった自身への気持ちを、きちっとした輪郭に収め、自身の後悔しながら生きてきた人生までも認め、生きてきて関わった人たち、すべてに許して欲しかったのかもしれない。

今は、そんな自分が無性に愛おしい。

私は自身が課せられた人生を、後悔しながらも、自分なりに精いっぱい生きてきたと思う。そしてこれからの残りの生を、老後の母のように穏やかに、つつましく、大切に生きられたなら、母も許してくれるだろうか。生きてきた苦しみが、死という安らぎを与えてくれるのだろうか。

完

著者プロフィール

杉原 洋（すぎはら よう）

1948年8月生まれ
茨城県出身、在住

カバー、本文挿絵：萌永

生きるということ

2023年６月15日　初版第１刷発行

著　者　杉原 洋
発行者　瓜谷 綱延
発行所　株式会社文芸社
〒160-0022　東京都新宿区新宿１－10－１
電話　03-5369-3060（代表）
03-5369-2299（販売）

印刷所　図書印刷株式会社

ISBN978-4-286-24184-5